KB183435

한국 희곡 명작선 165

因과 緣

한국 희곡 명작선 165

因과 緣

김민정

평민사

김민정

因
果
緣

"내가 비록 죽어 뼈가 재가 될지라도 이 한은 결코 사라지지 않으리.
내가 살아 백번을 윤회한대도 이 한은 정녕 살아 있으리…
천지가 뒤바뀌어 태초가 되고 해와 달이 빛을 잃어 연기가 되어도
이 한은 맺히고 더욱 굳어져 세월이 흐를수록 단단해지리라…
내 한이 이와 같으니 당신 한도 정녕 이러하리라
두 한이 오래도록 흩어지지 않으면 언젠가 다시 만날 인연 있으리."

- 아꽝샤의 '悼亡(죽은 부인을 애도함)' 중에서.

등장인물

공주/노파
상사뱀 / 청년 / 사내
금봉
소야
해강母(길씨) _보살을 겸한다.
시녀(소야)
시종(금봉)
신적 두목
산적떼 / 주원형의 부하들 /임금의 부하들

※ 청년과 사내와 상사뱀은 같은 인물이다. 노파와 공주 역시 줄
  곧 같은 인물이다.
※ 윤회를 거듭하는 금봉과 소야가 여우와 다람쥐, 하루살이 역
  을 한다.

무대

사방팔방으로 열린 길. 길을 깔면 바로 무대가 되고, 세상이 되
고, 세월이 된다. 길을 펴며 무대를 열고 길을 접으며 무대를 접
는다. 유랑이라는 극 형식을 길이라는 이동 공간으로 담을 수
있는 무대였으면 한다.

現

'길이 있다. 길에서 나고 죽는 인간이 있다. 세월이 흐르고 인연은 또 인연으로 겹쳐진다.'

희뿌연 새벽 여명이 밝아오고 산 새 소리가 들려온다. 흥겨운 장단으로 배우들이 길을 연다. 사이. 맵시가 좋은 다람쥐가 한 마리 쪼르르 달려 나온다. 뒤이어 반대편에서 성깔 꽤 있게 생긴 여우가 한 마리 포르르 달려 나온다. 둘이 딱 중앙에서 마주친다. 오들오들 떠는 다람쥐, 고것 참 맛있겠다는 여우.

다람쥐 아이고, 이거 딱 걸렸네. 여우님 살려주세요.
여우 고것 참 맛있겠네. 음, 맛있겠다. … 침 넘어간다.

여우가 막 다람쥐에게 달려들려는 찰나, 다람쥐가 다급히 소리친다.

다람쥐 아니, 당신은?
여우 당신은?
다람쥐 그 늠름하고 건장하던 사내, 금봉?
여우 금봉? 듣도 보도 못한 이름인데, 목숨이 간당간당하니 별짓을 다 하는구나. 웬 헛수작이야?
다람쥐 아니야. 아니야. 헛수작 아니야. 나야 나, 나 모르겠어? 나, 소야란 말이야.

여우   소야? 어디서 들어본 듯 해. 아, 어디서 들었지? 소
야. 소야? (깜짝 놀라) 그. 그. 그. 소야! 내 전생의 배필
이며, 사랑하던 여인, 그 소야!

다람쥐 (고개를 끄게 끄덕끄덕) 그래. 내가 바로 소야! 이생에 다
람쥐로 태어나 평생 앞니가 다 닿도록 도토리나 갉
아 먹어야 하는 팔자. 언제나 당신과 다시 만날까 하
였더니… (눈물이 글썽하여) 당신이 그런 흉측한 모습의
여우로 나타날 줄이야. 아이고 아이고!

여우   (덩달아 슬퍼져) 네가 진짜 소야가 맞다면… 정말 하늘
도 무심하시구나. 하늘님! 옥황상제님! 제발, 우리 좀
사랑하게 해주세요. 빌었더니만 이런 원수지간으로
태어나게 하시다니. 흑흑 이 무슨 운명의 장난이냐?

다람쥐와 여우, 서로 껴안으려다 뜨악하고 서로 떨어져 한참을
운다.
한참 만에,

여우   안 되겠네. 소야, 우리 콱 혀를 깨물고 죽어서 다음
생에서 다시 만나자.

다람쥐 으음. 좋아. 다음 생에선 하루살이라도 좋으니 서로
사랑할 수 있었으면.

여우   그래, 우리 그렇게 하자.

다람쥐와 여우, 나란히 무릎을 꿇고 앉아 기도한다. 그리고 콱 혀를 깨무는 시늉.

여우·다람쥐 (동시에) 아이고 나 죽네. 아이고 나 죽어.

고통스러워하며 여우와 다람쥐가 무대 밖으로 사라진다.
사이.
윙윙거리는 소리가 들리기 시작하더니 보일락 말락 아주 작은 하루살이 두 마리가 무대로 나타난다.

하루살이 암놈 금봉!
하루살이 수놈 소야!

둘이 껴안는 시늉.

하루살이 수놈 드디어 우리가 같은 모습으로 태어났어. 이제 사랑할 수 있게 되었어.
하루살이 암놈 그러게 말이야.

하루살이 암수 한 쌍이 좋아 서로 쪽쪽거리고 난리부르스.

하루살이 암놈 그런데 조금 이상하지 않아?
하루살이 수놈 뭐가?

하루살이 암놈 이상하게 금세 몸이 늙는 것 같단 말이야.

하루살이 수놈 그러고 보니 나도 그래. (버럭 화가 나서) 네가 하루살이
라도 좋으니 어쩌고 그래서 그런 거 아니야? 하루밤
에 못 사는 하루살이가 되었으니 벌써 늙어가는 거
겠지.

하루살이 암놈 쳇, 인제 와서 내 탓을 하겠다? 그러는 너는. 넌 뭘
했는데? 나나 되니까 하늘님이 소원이라도 들어주신
거라고.

하루살이 수놈 소원을 잘 빌었어야지. 하루살이라니, 이제 우리 한
나절도 더 못 살고 죽고 말 거야.

하루살이 암놈 그게 다 그러니까 내 탓이라는 거야?

하루살이 수놈 그럼, 누구 탓이겠어?

둘의 말소리가 점점 작아지고, 윙윙 소리로 바뀐다.

하루살이 수놈 아이고 나 죽는다.

하루살이 암놈 다음 생엔 뭘로 태어나려나?

하루살이 수놈 그, 그, 그 글쎄.

하루살이 암놈 나, 나, 나, 나 잊으면 안 돼!

결국 '에에엥' 소리 끝에 무대 위에 톡 떨어져 죽고 마는 하루
살이 한 쌍.
하루살이가 사라지자,

오른편에서 누추하고 낡은 '길'을 깔며 허리가 90도로 굽은 노파가 느릿느릿 뒷걸음질을 치며 등장한다. 노파가 열중하는 사이. 왼편에서 한 젊은 청년이 닳지 않은 새 '길'을 깔며 뒷걸음질로 등장한다. 두 길은 중앙에서 만나고, 노파와 청년의 엉덩이가 서로 쿵 부딪친다! 나자빠지는 노파!

노파 어이쿠! (바닥에 고꾸라진 채 고개를 못 들고) 아이고 나 죽네. 아니 이거 어느 놈이 귀하신 마마 엉덩짝을 걷어차고, 지랄이냐? 아이고 나 죽네. 어서 날 일으키라 이놈아! 이 망할 놈아!

청년 (잽싸게 노파를 일으켜 세우며, 하지만 노파는 허리를 펴지 못해 청년의 얼굴을 보지 못한다) 웬 노인네 입이 그리 거칠고 요란하신지? 아니 무슨 욕쟁이 할머니예요?

노파 흥, 미친놈! 늘그막에 웬 놈이 남의 길에 들러붙는 거야?

청년 난, 내 길을 열심히 가는 길인데, 들러붙긴 누가 들러붙는다고 그래요?
　　　　이 길이 원래 내 길이구만.

노파 뭐야? 이 건방진 놈이 어디서 와서 부딪쳐 놓고 사과도 안 해?

청년 아, 무슨 소릴 사과는 할머니가 해야지. 내가 할머니 엉덩이에 부딪혀 나자빠졌구만.

노파 이놈이 영 못 쓰겠네. 내 흰머리 이거 안보이냐? 새

파랗게 어린놈이 어디 위아래도 모르고 또박또박 말 대꾸여? 어디 그 잘난 상판대기 좀 보자!

청년 아, 보슈! 봐! 어디 그 꼬부라진 허리로도 뵈는 게 있 나? 자, 봐요!

그러나, 노파는 허리가 너무 굽어 청년의 얼굴 보기가 요원하 다.

청년, 헤헤헤헤 웃는다.

노파 아이고, 무거워라. 이 무거운 엉덩이를 땅에 붙여 앉 아야 뭐가 보이겠구먼. 세월 이기는 장사가 없다더 니만. 아이고 서러워라. 아이고. (바닥에 앉아 청년의 얼 굴을 올려다본다. 깜짝 놀란다) 아니, 다, 다, 당신!

청년 아, 왜요? 잘생긴 훈남 처음 봅니까?

노파 아니, 어찌 이런 일이 생길 수가?

청년 아, 왜요?

노파 인연의 회전문 돌고 돌아 이렇게 만나는구나. 이 얼 마 만의 재회인가? 그대, 나를 몰라보시겠소?

청년 아니, 무섭게 왜?… 왜 그래요? 할머니. 그 사극 투 대사는 또 뭐고.

노파 나를 정말 모르겠소?

청년 아, 내가 허리 굽은 할머니를 어떻게 알아요? 언제 봤다고. 이상한 할머니. 치매야. 뭐야?

노파는 감회에 젖어 눈시울을 붉히며 청년을 본다.

노파 아, 서럽구나. 운명이여. 잔인하구나. 인연이여.

청년 나 참, 할머니, 방해 마시고 어서 갈 길 가세요. 오늘
이 나한테 얼마나 중요한 날인데, 꽃처럼 이쁜 색시
가 지금 날 기다리고 있단 말이오.

노파 꽃처럼 아름다운 색시라?… 구중궁궐 높은 담 아래
스스로 꽃인 나는 그 아름다움을 알지 못했는데…
너는 사람을 꽃이라 하는구나.

노파의 말에 철렁하고 가슴이 내려앉는 청년.

청년 이상하군… 처음 보는 할머니가 왜 낯이 익은 듯하니,

노파 재밌구나. 재밌어. 이제야 난 너를 알겠는데, 너는 나
를 모른다 하니, 인생 다 이렇게 돌고 도는 거지…
재밌구나! 재밌어!

청년 기분 나쁘게 왜 웃어요? 나를 압니까? 전에 나를 본
적이 있어요? 할머니?

노파 너는 나를 모르겠느냐?

청년 모르겠어요.

노파 네가 나를 모른다고 하니 참으로 원망스럽구나! 정
말로 전생의 기억이 티끌 하나 없단 말인가?

청년 전생? 할머니하고 내가 전생에 쌓은 인연이라도 있

단 겁니까?

노파 나를 보고 진실을 보는 눈이 없다 비난하던 이가, 이제는 제 눈이 어두워 아무것도 몰라보니…, 이렇듯 우리의 인연이 얄팍한 것이었어.

청년 이상한 말만 늘어놓는군요.

노파 (슬픔에 잠겨) 내가 비록 죽어 뼈가 재가 될지라도 이 한은 결코 사라지지 않으리. 내가 살아 백번을 윤회한대도 이 한은 정녕 살아 있으리. 천지가 뒤바뀌어 태초가 되고 해와 달이 빛을 잃어 연기가 되어도 이 한은 맺히고 더욱 굳어져 세월이 흐를수록 단단해지리라… (버럭 노기가 어리어) 왜 좀 더 기다리지 못한 것이냐? 왜 좀 더 나를 믿고 기다리지 못했어? 왜?

청년 (당황하고 얼어붙어) ….

노파 다, 그대 탓이다. 그대가 나를 믿지 못하고 참지 못하여 이렇듯 엇갈리게 된 것이야. (허허로이 웃는다. 한참을 웃는 사이 노파는 자리에서 일어난다. 웃으며 허리가 펴지고 낡은 옷을 벗고 공주가 되어 간다. 공주의 자태를 입어 간다)

청년은 넋이 나가 두려움에 떨며 공주를 바라보기만 한다. 뇌성벽력이 일고 광풍이 불면 사위가 어두워진다.

過

一. 구중궁궐

넓게 펼쳐진 궁궐 안의 정원. 봄의 꽃들이 만개한 동산이다.

까르르 웃음소리,

뒤이어 가면을 쓴 사내가 무대를 가로지르고, 잇따라 공주가

뒤따른다.

둘은 서로를 희롱하며 논다.

공주　　이보! 어디 가시오! 이보!

공주가 사내를 놓쳐 당황한 기색으로 서성이는데 어느 틈에

뒤에서 공주의 허리를 낚아채는 사내, 공주의 까르르 웃음

소리.

공주　　감히 내 누군 줄 알고 허리를 감아채는 게요?

사내　　그대가 누구든 지금은 내 정인이 아니겠소?

공주　　벌써 내 마음을 다 뺏은 듯 말하는구려.

사내　　그렇지 아니한가?

공주　　이래 봬도 난 일국의 공주,

사내, 꽃 숲에 공주를 자빠뜨린다.

공주	어머나!
사내	꽃 속에 누우니 그대 역시 한 송이 꽃, 어느 것이 꽃이고 어느 것이 사람인지 분간할 수가 없구려.
공주	그대 혀끝에 놀아나지 않은 여인네가 있을까?
사내	(공주의 손을 잡아 사내의 가슴에 끌어대며) 내 가슴 속엔 그대뿐인걸. (공주의 치마 속을 들추려 한다)
공주	(사내의 손을 막으며) 이리 쉽게 나의 옥문관을 보려 하시오? 그대는 아직 낯색도 뵈주지 않으면서.
사내	하하하하! 그대가 놀랄까 봐!
공주	흥, 날 뭘로 보고.
사내	이리하면 어떻소? (옷고름을 풀어 공주의 눈을 가린다) 이리하면, 보이는 게 무에 그리 중하겠소? 본시 뵈지 않는 것 속에 참된 참이 담긴 것이거늘.
공주	그것 참 재밌겠구려.

사내가 느닷없이 공주를 뒤에서 껴안는다. 밀착된 상태의 공주
와 사내.
돌아서 사내의 가면을 벗기려는 공주.

공주	보고 싶소! 못된 정인의 얼굴을. 언제까지 이 가면을 벗지 않을 셈이지요?
사내	놀랄까 봐!
공주	긴 밤을 함께 한 우리가 무엇에 놀라고 무엇에 부끄

러워한단 말입니까?

사내 난 언제든 벗을 수 있소… 단지 그대가 놀랄까 봐….

공주 그 언제가 지금이 되면 되겠군요. (가면을 손으로 잡는다)

사내 (공주의 손을 붙잡아 제지하며) 정말 놀라지 않을 자신이
있소?

고개를 끄덕이는 공주, 사내가 천천히 공주의 손을 놓자, 공
주가 사내의 복면을 걷어낸다. 이어 무서운 비명을 지른다.
복면을 걷어낸 사내의 얼굴은 뱀가죽으로 도배되어 있다. 잔
인한 미소를 머금은 사내의 얼굴, 공주가 당황하여 멀리 떨
어져 선다.

공주 (징그러워하며) 넌 누구냐?

사내 보시는 바와 같소.

공주 승천 못한 이무기더냐? 원기를 품은 구렁이더냐? 어
찌 그 탈을 쓰고 나와 살을 비비자고 한 것이냐?

사내 한 식경 전까지 탄성을 지르며 한 몸이 되자 한 정인
의 말치고는 얼음처럼 차갑구려.

공주 어서 물러서라. 사악한 흑심을 가지고 나를 꼬이려
하다니 무엄하도다.

사내 (원망이 어리어) 공주, 어찌 나를 모른다고 하시오?

공주 (당황하며) 내가 너를 어찌 안단 말이냐?

사내, 뜻 모를 괴이한 웃음을 웃는다.

공주   해괴한 소리 말고 어서 물렀거라. 너 같은 흉물을 내
        어찌 안단 말이냐?

사내   지엄하시고 귀하신 공주마마, 마마의 뜻을 따라 드
        려야겠으나 그리는 아니 되겠사옵니다. (단숨에 공주의
        허리를 감아챈다)

공주   놔라, 어서 놔!

사내   이 몸은 공주와 한 몸이 되려고 독사로 환생하였사
        옵니다. 함부로 대하지 마소서. 맹독을 품은 독사의
        몸과 마음을 빌렸으니, 이보다 더 위험한 몸은 세상
        에 또 없을 것이요

공주   아악! (비명으로 사람들을 부른다) 밖에 누구 없느냐? 여
        봐라!

사내   그런다고 벗어날 수 없을 겁니다.

사내, 공주의 몸을 조여 온다. 고통스러워하며 공주, 고함을 지
른다.
무대 급히 어두워진다.

암전 속에서 분주한 발걸음 소리, 여자의 비명, 시종과 시녀의
외침. 부산한 가운데 정원이 걷히고 임금의 어전이 깔린다. 무
대 밝아지면 흰 속옷 차림의 임금이 시종의 도움으로 어의를

입고 있다. 당황한 낯빛으로 시녀(소야)가 들어와 시종(금봉)에게 귓속말을 한다. 깜짝 놀라는 시종.

임금 무슨 일인데 아침부터 이리 소란이냐?

금봉 예. 그것이 (갑자기 무릎을 꿇고) 전하, 큰일났사옵니다.

임금 무슨 일?

금봉 공주마마께 변고가 있습니다.

임금 변고? 아니 공주가 일으킬 변고가 더 있단 말이냐?

금봉 (소야에게) 네가 본대로 아뢰거라.

소야 (눈물까지 글썽이며) 전하, 공주마마께오서, 공주마마께오서.

임금 시끄럽다. 빨리 말하거라.

소녀 아침 식전에 비명 소리가 들리길래 뛰어가 보니, 글쎄 공주마마의 치마 안에,

임금 치마?

소야 예, 분명, 치마 안에 커다란 배, 배, 뱀이 민망하옵게도 공주님의 다리를 감고 있었사옵니다.

임금 뭐라?

소야 더 민망하옵기는 그 뱀이란 놈이 공주마마의 귀하디 귀하신 옥문관을.

임금 옥문관?

소야 은밀한 거기를,

임금 어서 말해 보거라.

소야 옥문관을 향해 고개를 쭉 빼고는 마치 사람인 양 쳐다보고 있었사옵니다.

임금 아니, 이런 해괴한 일이 있나? (어전을 속옷 바람으로 서성인다) 그래, 어찌 되었느냐? 뱀을 떼어 냈느냐?

소야 떼어 내려 해도 그게…, 쫓아버리려 해도 그게… 민망하기도 하고, 위험하기도 하여, 아직 붙어 있사옵니다.

임금 (버럭) 공주의 사타구니에 말이냐?

소야 (놀라 바짝 엎드려) 예, 전하 그러하옵니다.

임금, 말없이 의관을 갖추어 입고, 칼을 뽑아 든다.

임금 앞장서라! 공주의 처소로 가자!

시종과 시녀가 나가며 왕이 밟고 나갈 길을 깐다. 그 길의 끝에 공주의 처소가 있다. 상사뱀이 공주를 인질로 잡고 있다.

임금 (상사뱀에게) 넌 누구냐? 사람이냐, 귀신이냐?

상사뱀 이 몸 보시는 바와 같이 뱀의 허물을 입은 자입니다.

임금 대관절 네가 내 딸에게 무슨 볼일이 있어 그리 허리를 감고 선 것이냐?

상사뱀 세상의 모든 일에는 원인이 있는 법, 저라고 왜 이유 없이 이리하겠사옵니까?

임금 이유가 무엇이냐?

상사뱀 그것은 스스로 밝힐 수 없나이다. 공주님의 기억 속에 티끌로도 새겨지지 못한 찰나의 순간이 이유라면 이유지요.

임금 공주야, 말해 보거라. 네 저 흉측한 이무기에게 무엇을 빚졌단 말이냐?

공주 아바마마, (울먹이며) 소녀, 알 수가 없사옵니다. 그저 꿈에서 깨었을 뿐인데… 아바마마 소녀, 죽여주시옵소서. 이리 민망한 꼴을 보여드리니….

사이.

임금 뭣들 하느냐? 저놈을 단칼에 베어 공주의 몸에서 떼어 내거라.

상사뱀 (독침을 빼어 들며) 한 발짝이라도 다가오는 자는 독침에 물려 죽게 될 것이요. 백이면 백, 천이면 천 모조리 죽일 수 있는 맹독이외다.

임금 겁먹지 말고 어서 내리쳐라. 어서!

상사뱀 왕께선 공주를 눈앞에서 죽이고 싶은 게요?

임금 뭐라?

상사뱀 딸의 목숨이 귀하거든 자중하시오.

임금 뭐라 했느냐? 너, 뱀의 허물을 쓴 자! 주원형 무리의 계략인 게냐? 왕위를 노리고 이런 수를 써?

상사뱀   권력에 눈이 먼 자에게는 모든 것이 탐욕으로만 비
          치는 법이지요.

임금   맞다는 거냐? 아니라는 거냐?

상사뱀   ….

임금   역시 틀림없구나. 네 이놈, 내 칼을 받아라.

         임금이 칼을 빼어 드는데, 상사뱀이 공주를 훌쩍 안고 문가로
         달아난다.

상사뱀   꿈에서 만난 정인의 아비를 맹독으로 물어 죽일 수
          는 없지. 안 그렇소. 공주?

         상사뱀이 공주를 업고 달려 도망친다.

공주   아바마마! 아바마마!

상사뱀   죽고 싶지 않으면 물러서라!

         공주를 업은 상사뱀이 자취를 감춘다.

임금   저놈 잡아라! 공주를 찾아! 어서!

         공주를 찾아 나서는 군사들의 소리.
         망연자실한 임금.

긴 사이.

임금 여봐라, 게 누구 없느냐? 역모다!
저 뱀은 역모의 증거니라. 어서 저놈을 잡아라!
역모의 배후는 주원형. 저놈을 잡아 주원형이도 베
리라.
뭣들 하느냐? 역모다. 역모!

광적으로 외쳐대는 임금, 무대 삽시간에 어두워진다.

二.

궐 밖, 어느 숲속. 숨을 헉헉대며 등장하는 공주와 상사뱀.

공주 좀 놓아라, 숨이 막혀 죽겠다. 숨이,

상사뱀이 공주를 풀어 주자 바닥에 주저앉는 공주, 헉헉 숨을
고른다.

공주 이렇듯 나를 고문하려면 차라리 나를 물어 죽이고
갈 것이지.

상사뱀은 대꾸 없이 이슬을 모아 물을 만들어 공주에게 건넨다.

공주는 숨이 찼던 참이라 물을 꿀꺽꿀꺽 마신다.

공주　　대체 나를 어디로 끌고 가는 것이냐?

상사뱀　세상의 하찮은 풀뿌리 하나, 꽃잎 하나, 돌멩이 하나, 연유 없이 나고 지는 것은 없다오. 이 길이 어디를 향해 열려 있는지는 가보면 알 것이요.

공주　　모를 소리, 모를 소리만!… (분노하여) 대체 나를 언제까지 이리 끌고 다닐 셈이야?

상사뱀　그대에게 달렸소. 돈오점수! 그대가 모든 것을 단박에 알아차릴 그 찰나에!

사이.

공주　　네가 지금 내게 무슨 원한이라도 있어 이러는 것이냐?

상사뱀　하하, 원한이라? (공주를 응시) 원한이 아니라 사랑이었소.

공주　　헛, 무슨 억하심정으로 이런단 말이냐, 대관절?

상사뱀　이렇듯 모른다고 하시니… 여자들의 속내란 위에 것이건 아래 것이건 믿을 것이 못 되는구려.

공주　　웬 무엄한 소리냐?

상사뱀　무엄하다? 무엄하다니? (화가 나서) 아직도 그대가 내

앞에서 무엄하다 소리칠 수 있는 공주라 여기는 게 요? 난 언제라도 공주를 저승으로 보내버릴 수 있는 독침을 가진 몸이요.

공주   내가 그따위에 무서워할 줄 아느냐?

상사뱀과 공주의 눈에 불꽃이 튀듯 서로를 노려본다.

공주   돌려 말할 것 없다. 네 원한이 무엇이냐? 이리 질질 끌고 다닐 것 없다. 내가 나를 죽일 만큼 원한에 사로잡혀 있다면, 더 이상 나를 욕보이지 말고 죽이면 될 터!

상사뱀   고귀하신 공주께선 목숨 따윈 헌신짝처럼 버릴 수 있단 말입니까?

공주   사타구니에 뱀을 붙이고 사느니 죽는 게 낫다는 것 이다!!
어서 내게서 떨어지든지. 아니면 나를 물어 죽여라!

사이.

상사뱀   그리는 못 하지요. 그리 쉽게 알려드릴 수야 있나? 모든 앎이란 그냥 얻어지는 게 아닙니다. 그러니 무거운 발길을 기꺼이 옮기시옵소서!

공주   나쁜 놈! 나쁜 놈!!

상사뱀, 공주를 휘감아 옥죈다. 고통스러워 신음하는 공주.
멀리서 공주를 찾는 시종 금봉과 시녀 소야의 외침이 들린다.

금봉   공주마마!
소야   어디 계시옵니까? 마마! 공주마마!
공주   여기다! 금봉아! 소야!
상사뱀   (급히, 공주의 입을 막는다) 자, 공주마마, 소인과 함께 길
        이나 펴시지요. 곧 해가 저물 것이니,

        공주를 데리고 길로 이끄는 상사뱀, 안 가려고 버티는 공주, 뱀
        이 공주의 몸을 조이자, 공주는 어쩔 수 없이 몸을 일으킨다.

공주   이 몹쓸 이무기 놈아! 대체 내가 무슨 죄를 지었단
        말이냐? 차라리 날 죽여라 어서!!

        공주의 입을 막는 상사뱀, 상사뱀과 공주가 무대 밖으로 사라
        진다.

        허겁지겁 뛰면서 금봉과 소야가 들어온다.

금봉   공주마마! 어디 계시옵니까?
소야   공주마마!… 혹시 뱀에 물려 승하하신 게 아닐까?
금봉   무슨 재수 없는 소리냐?

소야	그렇지 않어? 분명 한 맺힌 원혼이 뱀으로 둔갑한 것이 틀림없는데, 독이 든 이빨로 콱 물지 않았겠냐고?
금봉	물려고 들었으면 벌써 물었지. 물지 않고, 다리만 칭칭 감았을 땐 분명 무슨 사연이 있는 게야?
소야	그건 그렇고. (저고리 옷고름을 손가락에 감아가며) 금봉아, 이게 얼마 만이냐?
금봉	왜 그리 배배 꼬면서 그러냐?
소야	아잉! 엄하디엄한 구중궁궐의 눈을 피해 단둘이 있는 게 얼마 만이냐고?
금봉	얼마 만이긴, (손을 헤아리다) 하긴 오래되긴 하였다.
소야	금봉아! 한 번 안아보자!
금봉	느작 없는 계집! 그래. 어여 안아보자!

소야와 금봉이 깊은 포옹을 한다.

소야	이리 좋은 걸 왜 매일 하면 안 된단 말이냐?
금봉	너나 나나 임금의 종일 뿐인걸.
소야	평생 한 번 품어 주지도 않을 거면서 궁 안의 모든 여인은 다 임금 것이라니. 이처럼 얼토당토않은 경우가 어디 있어?
금봉	그럼 어쩔 것이냐? 그게 우리 궁인의 팔자인걸.
소야	아유, 재미없는 내 팔자.
금봉	왜 재미가 없어? (소야를 훌쩍 등에 업고) 내 너를 업고

놀아 줄게. 그래도 재미가 없는가 한 번 보아라.

소야 그래 한번 들어보자.

금봉은 소야를 등에 업고 '사랑가'를 부르면 논다.

금봉 사랑 사랑 사랑 내 사랑이야. 사랑이로구나 내 사랑
이야. ~

금봉의 사랑가가 끝이 나자.

소야 좋구나. 좋다. 내 이생에 환생하여 또 너와 이어질 수
없는 팔자로 만난 것을 알고 얼마나 속이 상했는지
모른다. 그래도 서로 사람이 되어 만났으니, 그나마
위안은 된다만은… 어찌 궁녀가 다 임금의 여자란
말이냐? (울먹인다)

금봉 울지 말어. 내 맘은 언제고 네 것 아니냐.

소야 (웃으며) 아이 좋아라. 내 너와 함께라면 백년 천년이
라도 궁에 남을 거다.

금봉 (소야를 내려놓으며) 아이고, 거 무겁네.

소야 뭐라고? 무겁다니 새털같이 가벼운 내가 뭐가 무겁
단 말이냐?

금봉 아니다. 아니다. (내빼듯이) 어서 가자! 어서 공주마마
를 찾아야지.

소야   쳇, 네게는 공주마마가 나보다 더 중하단 말이냐?

금봉   아니 그게 아니라. (박장대소) 뭐야 너 지금 공주마마를 투기하는 것이냐?

소야   뭐라고?

그때, 무대 밖으로 말을 탄 군사의 무리들이 달리는 소리가 들린다.

금봉   고개 숙여! (풀숲으로 몸을 숨긴다)

소야   저 사람, 주대감이잖아.

금봉   소식을 들었군.

소야   설마. 들었다 한들 눈 하나 깜박할 위인이야? 저 봐라. 저 봐. 저 깃발. 사냥놀음이나 하러 온 거지. 저 인간.

금봉   (몸을 일키며) 어서 가자! 우리가 먼저 공주마마를 찾아야 해! (외침) 공주마마!

소야   공주마마!

금봉과 소야가 어둠 속으로 사라진다.

三. 해강母의 집

어두워져 가는 초가의 장독대. 머리에 질끈 흰 띠를 두른 한 노파가 정화수를 떠놓고 치성을 드리고 있다.

해강모   비나이다, 비나이다.

상사뱀과 공주가 들어온다. 지친 걸음의 공주가 발길을 멈춘다.

공주   여기가 어디건데 나를 이리 끌고 오느냐?

상사뱀   보면 알 것이요.

공주   그래. 좋다. 차라리 잘 되었다. 여기서 목도 축이고, 까진 발도 좀 쉬어가자.

상사뱀   한가한 소리 말고 저 노파를 보시오.

공주   (해강모를 넘겨다보며) 누구? 저 노파?

상사뱀   본 적이 없는 노인이요?

공주   없다마는,

상사뱀   석달 열흘 궁 앞에 엎드려 무릎 꿇고 빌던 노파를 한 번도 본 적이 없소?

공주   없어. 없다니까.

상사뱀   그러면 글렀구려.

공주　아니, 잠깐만 자세히 봐야 알 것 아니냐. (해강모에게 다가가며) 이보시오. 이보시오. 노인장.

해강모　누가 나를 찾는 게요?

공주　지나가는 과객이온데 허기가 져 그러니 요기를 좀?

해강모　(한참 만에) 그럽시다. 내 마지막으로 길손에게 식 대접은 하고 가야지. (부엌으로 들어간다)

공주　보았느냐? 노파가 인정이 있게 생긴 게 나물밥이라도 내올 모양인가 보다.

상사뱀　역시 기억 속에 남은 게 하나 없는 모양이구려.

상사뱀은 노파가 들어간 부엌을 보며 생각에 잠긴다. 우울한 기색이다.

공주　그런데 금봉이랑 소야는 돌아간 건가? 해넘이가 질 때만 해도 나를 찾는 소리가 들리더니….

상사뱀　(문득) 해강.

공주　뭐? 무엇이라 했느냐?

상사뱀　해강, 해강이란 이름을 들어보지 못했소?

공주　해강, 해강이라. 처음 듣는데.

상사뱀　(쓴웃음) 그렇구려.

노파가 나물과 밥을 가져온다. 밥과 수저가 두벌이다.

공주   와, 맛있겠다. 어머나, 그런데 어찌 알고 두 인분의
        밥과 수저를 내주시오.

해강모   같이 온 분이 훤칠한 총각이 아니시우? 내 늙어 눈이
        어두워져 바로 보지는 못하지만 어슴하게 보아도 잘
        라디 잘난 풍모는 내비치는구려.

공주   허, 노인장께서 눈이 어둡긴 어두우시구려. 이 흉측
        한 몰골의 이무기, 아니, 아니요. 밥 맛나게 먹겠소.
        그런데 이런 산중에 어찌 이리 반찬이 좋소?

        공주가 허겁지겁 밥을 먹는다.
        상사뱀은 노파만 바라볼 뿐 밥을 먹지 못하고 고개를 숙인 채
        공주의 곁에 앉아 있다.

공주   어찌 먹지 않는 게냐?

상사뱀   마마나 드시오.

        사이.

해강모   (정화수 앞으로 와) 실은 오늘이 내 아들의 49제라오.
        그래 찬이 몇 가지 더 있지요. 어려서부터 총기가 남
        달라 종가 어른들이 궁으로 보냈는데… 이런 산골
        벗어나 궁에서 지내니 내내 평안하고 잘 살 줄 알았
        더니, 갓 스물을 넘기고 싸늘한 시신이 되어 어미 앞

32

에 나타납디다. 뼛가루를 가지고 온 사람들 말이 그 놈이 못 오를 나무를 넘겨다봤다고….

상사뱀 (공주에게) 다 안 먹었소? 갑시다.

공주 왜 그러느냐? 노인장 얘기가 한창인데.

해강모 아니요. 별말 아니외다. 갈 길이 바쁘신 분들인데 이 노인네가 주책을 떨고 있구려.

공주 아니, 아니요. 난 더 듣고 싶소.

상사뱀 먹었으면 어서 갑시다! (노기를 띠고) 내가 여기서 독 침을 꺼내야겠소?

공주 알았다. 매정한 것 같으니. 노인장 잘 먹었소.

상사뱀이 서둘러 공주를 이끌고 무대 끝으로 나간다.

그 사이. 노파는 정화수 그릇에 담긴 양잿물을 먹고 피를 토한다.

무대 끝에서 이를 본 상사뱀.

상사뱀 어머니!

상사뱀이 쓰러진 노파에게 달려간다. 공주도 뛰어온다. 놀라 넋이 나간 상사뱀.

공주 이보시오, 이보시오. 대체 뭘 먹은 거요? 비상이요? 양잿물이요?

해강모 제 아들, 이름이 바다 해….

공주 이보시오, 이보시오. 노인장.… 어쩌면 좋아? 죽었나
보네. … 이를 어찌하면 좋으냐? 노인장이 아들 잃은
외로움을 견딜 수가 없었나 보다. 가엾어라.

긴 사이.

공주 가자!

상사뱀 … 가던 길 마저 가잔 말이오?

공주 아니다. 어찌 사람의 죽음을 보고 그리 매정하게 군
단 말이냐? 내가 밥까지 얻어먹었는데 그냥 갈 순
없다.

상사뱀 하지만 관군이 우릴 쫓고 있소.

공주 그런다고 그냥 두고 가느냐? 안 된다. 아들도 죽었다
하지 않았느냐, 이 산중에 누가 있어 이 시신을 거둬
줄 것이야. 우리 묻어 주고 가자.

상사뱀 허, 그렇게 자애로운 분인 줄 미처 몰랐구려.

공주 하기 싫으면 너는 상관 말거라.

공주가, 노파의 시신을 수습하려 든다.
공주에게 위협적으로 독침을 세우고 달려드는 상사뱀.

공주 그리해도 소용없다. 나는 시신을 거둘 것이니 그 침

으로 나를 죽이려거든 죽여라.

공주의 단호함에 상사뱀도 침을 거둔다. 공주, 노파의 시신을
수습한 뒤 부엌 뒤로 간다. 공주가 하는 대로 내버려둔 채 넋
이 나간 상사뱀, 흐르는 눈물을 훔친다.

공주　눈물을 다 흘리고… 너도 그냥 지나치기 마음이 편
　　　치 않은 것이다.

상사뱀　눈에 티끌이 들어가 그런 거요.

공주　뒤란에 목련화 나무가 있으니 그 밑에 묻으면 좋겠
　　　다. 봄이 되면 할미의 마음씨를 닮은 고운 목련이 피
　　　겠지. 아들도 고마워 할 게다.

상사뱀　오가다 스친 할미에게는 그리 정성을 다하면서 어찌
　　　나는 몰라보시오?

공주　그리 정색하고 물으면… 미안하지만… 역시 모르
　　　겠다.

상사뱀　(목이 메어 공주의 눈을 외면하며 노파의 시신을 어깨에 맨다)
　　　어서 뒤 곁으로 갑시다.

공주와 상사뱀이 뒤 곁으로 사라진다.

四.

무대 밝아지면, 공주를 끌고 가는 상사뱀.

공주   또 어디로 나를 끌고 가려 하느냐?

상사뱀   만나볼 이가 있소.

공주   누구?

상사뱀   주원형. 그 자의 사냥터로 갑시다.

공주   니가 그를 안다고?

상사뱀   그는 내 원수요. 갑시다.

잡아끄는 상사뱀에게 억지로 끌려가는 공주.

무대가 회전하고 주대감의 사냥터가 보인다. 몸을 숨기는 공주

와 상사뱀.

금봉과 소야를 인질로 잡은 주대감 일행이 보인다. 주대감이

마루에 올라앉아 있고, 금봉과 소야가 마당에 꿇어앉아 있다.

주대감   너희가 월야 공주를 찾아 외치던 시종과 시녀렸다…

           아직 공주를 찾지 못한 게 사실이냐?

금봉   그렇소.

주대감   임금이 뱀의 허물을 쓴 자의 배후가 주원형이라며,

           역모의 증거라 했다던데 사실이냐?

소야	소인들은 모르는 일입니다.
주대감	흥, 그자가 속이 좁고 겁이 많으니 온 천지가 다 의심 거리로구면.
금봉	대감께선 어찌,… 공주마마의 안위를 다 물으십니까?
주대감	뭐야?… 아, 하하하! 시종도 그 주인을 닮아 겁대가리가 없구나. 다 쓸모가 있으니 찾는 거지. 내가 쓸데없이 시간을 낭비하겠느냐? 나는 어쩌면 그 뱀이란 놈의 정체를 알 것도 같구나.
소야	예에?
금봉	그놈의 정체가 무엇인뎁쇼?
주대감	너희는 알 것 없고. 그래 자광이는 딸년을 아예 버렸다 하더냐?
금봉	아이고, 대감. 어찌 임금을 그리 함부로 부르시옵니까?
주대감	<u>흐흐</u>, (금봉에게 다가와 발길질로 누르며) 임금의 자리가 영원하다더냐? 그자가 그토록 겁을 내는데… 그래, 너희는 공주의 치맛자락이라도 보았느냐?
소야	본 것 없습니다. 마마께서 어디로 가셨는지… 모르옵니다.
주대감	그럼, 이 쓸데없는 놈들을 어떻게 처리한다? 데리고 가봐야 식량만 축낼 것이 분명할 터… 여봐라, 이놈들을 여기 싹 묻어버리고 가야겠구나!
소야	아이고, 대감마님! 살려 주십시오.

금봉 죽일 테면 죽이시오. 왕께서도 공주를 쫓고 계시니 대감의 만행을 보지 못할 리야 없겠지요.

주대감 헛, 시종 놈이 간뎅이 하나는 크구만. 허허… (싸늘히 변해 기습적으로 금봉의 목을 누르며) 겁대가리 없는 네놈부터 싹 묻어버리고 가야겠다.

공주 누가 누굴 묻어버린다 하는가?

주대감 누구냐?

사이.

숨어있던 공주와 상사뱀이 나온다.

주대감 오, 부인 여기 계셨소?

공주 누가 누구의 부인이란 말이오?

주대감 하하, 그 사이 지아비도 잊으셨나?

공주 그대가 어찌 내 지아비란 말이오? 그날의 일을 내 뼛속까지 새겨 못 잊고 있거늘.

주대감 잊으시오, 좋지도 않은 기억을. 내 이처럼 부인을 구하러 천 리 길을 멀다 하지 않고 달려 오지 않았소?

공주 닥치시오! 무슨 꿍꿍이가 있어 달려왔는지 모르나 대감 손에 구해지느니 내 이 뱀을 허리에 감은 채 백 년이고, 천 년이고 살고 죽을 테요.

주대감 하하하하하! 뱀이 그대 사타구니를 감고 논다더니 그 맛이 장히 좋았나 보구려. 하하하!

공주 뭐요?

주대감 하긴, 내 초야에 이미 부인의 색기를 알아보지 않았소? 하하하!

공주 쳐 죽일 놈!

주대감 (격노) 어디서 지아비한테 욕설이야? 첫날밤에 소박 맞은 계집 주제에.

공주 허, 허허허허! 말을 바로 하시지. 소박을 맞은 게 아니라 내 발로 그 집 문턱을 밟고 나온 것이니.

주대감 울타리 넘어 담 밖까지 애통한 통곡 소리를 내던 사람이 누구던가.

공주 네가 버리기 전에 내가 먼저 버렸다.

주대감 감히 계집이 어찌 사내를 버려?

공주 어찌 버리기는 이렇게 버리는 거지. 그런데, 이 밤은 왜 새삼스레 나를 찾아 나섰을까?

주대감 당연히 이미 버린 계집이 탐이 나서는 아니지. 다만 네년 아비를 올곧이 묶을 좋은 미끼가 되겠기에 찾아 나선 것 아니겠는가? 하하하! 그때나, 지금이나. 한때는 너를 얻겠다고 왕권을 갖다 바친 나였으나, 그리 원하던 사과가 썩은 사과였다니, 짓밟아 으깨 줄 것이다. 다!

공주 죽일 놈, 쳐 죽일 놈!

사이.

39

주대감이 공주의 둘레를 돌려 상사뱀을 훑어본다.

주대감   오, 이것이 그 뱀이로군. 너를 어떻게 죽여주랴? 칼
로 베어주랴? 송곳으로 찔러주랴? 발로 으깨주랴?

상사뱀   내 한낱 미물에 불과하나 맹독을 품고 있는 걸.

주대감   천하가 두렵지 않은 나다. 그런데 발도 없이 배로 기
어다니는 너 따위가 무서우랴?

상사뱀   한때는 지어미였던 여인으로부터 죽일 놈 소리나 듣
는 자가 천하를 얻을 배포나 되시려는지?

칼을 빼든 주대감이 상사뱀에게 접근한다. 상사뱀은 독침을 빼
든다. 둘은 빙글빙글 돌며 서로를 견제하며 서로를 찌를 한 치
의 틈을 노리고 대치한다.

그 틈에 공주의 곁으로 다가서는 소야와 금봉.

소야   마마, 괜찮으십니까?

공주   주대감의 손에만 안 잡힌다면 괜찮은 것이다.

금봉   임금께서도 지금 공주마마를 찾고 계십니다.

공주   아바마마. (울먹인다)

상사뱀과 주대감이 칼과 침을 겨루는 소리,

몇 번의 부딪힘 끝에 뱀의 몸에 상처가 난다.

주대감   필시 네 공주에게 원한을 품은 자의 환생일 터! 하필 공주의 몸을 감아선 이유가 무엇이냐?

상사뱀   대감께서 알 바가 아닌 줄 아뢰오.

주대감   공주, 혹여 이 자가 나보다 먼저 공주의 마음과 몸을 뺏어간 놈이요? 피리 부는 그 잡놈, 내가 그놈 죽었다는 소릴 듣고도 분이 안 풀려 죽은 시신을 꺼내 부관참시하였는데.

공주   (비명) 끔찍한 소리를 끔찍하게도 내뱉는구나. 이놈!!

주대감   공주, 이 더러운 년! 감히 어느 안전이라고 소리를 높여?

공주   헛, 못난 사람. 없는 일에 증거를 대며 의심을 일삼더니 여전하군요. 내가 지금 당장 이 뱀에 물려 죽는다고 해도, 당신의 손에 살 마음은 없으니 썩 꺼지시오.

주대감   오늘이라도 솔직히 말해! 피리 부는 그 사내놈과 죽고 못 사는 사이였다고! 하하하하!

웃는 틈에 상사뱀이 주대감의 손에 독침을 쏜다.

주대감   아얏! (헛칼질을 해대며) 이놈이!

상사뱀   (피하며) 독이 퍼지면 눈이 안 보일게요. 그러나 걱정마시오. 진실을 보는 눈은 그 어둠 속에서 밝게 뜨이게 될 테니, 그다음엔 몸이 퉁퉁 부어오를 것이요, 시퍼렇게 독이 오르며⋯ 서서히 죽게 될 거요. 그대는 이

한을 어찌 풀려나? 천하를 쥐어 보지 못하고 하찮은 미물인 뱀의 독으로 염라대왕 앞으로 가실 터이니.

주대감 네 이놈! (칼을 휘두르다 쓰러진다)

상사뱀 세상엔 공짜가 없는 법, 뭐든 얻으려면 그 값을 치러야 하는 것 아니겠소. 공주를 얻기 위해 왕권이란 값을 치른 분이니 생명을 얻기 위해 어떤 값을 치러야 하는지는 아시겠지요. 지금은 손끝에 묻어 있는 독이나 막지 않으면 삽시간에 온몸으로 퍼지리다. 하하하… (서둘러 공주의 허리를 휘감는다) 어서 갑시다.

공주를 이끌고 나가는 상사뱀, 소야와 금봉이 쫓아 나선다.

상사뱀 물러서라! 너희도 독침 맛을 보고 싶으냐?

물러서는 소야와 금봉, 소야가 비명을 지른다. 주대감이 자신의 팔을 칼로 내리친다.
주대감의 긴 비명!

금봉 (주대감에게 달려가) 대감! 대감! (옷을 찢어 피가 흐르는 주대감의 팔을 감는다)

주대감 살, 살려다오. (혼절한다)

소야 어쩌려고?

금봉 목숨은 살려야지.

소야	공주마마는?
금봉	우선은 이분을 살려야지. 마마는 임금님이 찾으실 것 아니냐.
소야	우릴 죽이려고 했던 자인데 살리고 싶어?
금봉	이렇게 죽으면 원귀밖에 더 되겠어? (입은 옷을 찢어 주대감의 팔을 칭칭 감는다) 물을 길어와. 피를 좀 씻겨야겠어. 어서!

무대 어두워진다.

五.

산길, 어둠 속.
부스럭거리는 소리와 함께 공주와 상사뱀이 급히 들어선다.

공주	어찌 이리 서두르는 것이냐? 숨이 찬다. 숨이.
상사뱀	시간이 없소. 곧 해가 진단 말이오.
공주	해가 지면 뭐가 겁나?
상사뱀	이쪽은 산적떼의 소굴이란 말이오.
공주	미물 주제에 아는 것도 많네. 정녕 그댄 전생에 인간이었던 게지?
상사뱀	(한숨을 쉬며 앉는다) 그럼 조금만 쉬어 갑시다.

사이.

상사뱀과 공주 숨을 돌리고 쉰다.

공주　죽었을까?

상사뱀　… 왜 걱정되오?

공주　아니, 그저.

상사뱀　용기가 있다면 독이 퍼진 팔을 잘라내고 살 방도를
구했겠지요.

공주　팔을 잘라? 에그머니 끔찍해라… 그 인사 그만한 용
기는 있을 거야. 그렇지?

상사뱀　그리 걱정 되십니까?

공주　한때는 가까웠다… 아니 그 이상이었지.

상사뱀　대감과는 무슨 사연이오?

공주　들었지 않느냐?… 한때 나의 지아비였다. 혼인하
고 사흘 밤 그와 산 것은 그 사흘이 다지만, 혼인 전
에는 하늘의 달도 따주겠다 하던 이가… 차기 왕권
도 내 아버지께 갖다 바치며 나를 얻고자 하더니, 첫
날밤 불같이 화를 내며 나를 사통한 계집으로 몰았
다. 불안과 의심의 병이 돋아 사통한 적 없노라고 아
무리 항변을 하고 호소를 해도 그의 귀는 막혀 있었
다… 결국 빈방을 홀로 지키다가 내 발로 그 집을 나
왔다. 온 나라에 사통한 계집이 되어 궁으로 쫓겨왔
다는 소문이 돌았고, 아버지의 천덕꾸러기 딸이 되

었지.

상사뱀 (혼잣말처럼 웅얼대는) 그런데 그 피리 부는 사내는?

공주 ··· 억하심정이 되어 광증을 앓았지··· 오물을 뒤집어
쓰고 쫓겨온 것이 어찌 억울하지 않았겠느냐?

상사뱀 그러면 그 피리는,

공주 (발끈하여) 넌 뭐라고 자꾸 중얼거리느냐?

사이.

상사뱀 가시지요. 저는 그저 맹독을 품은 뱀에 지나지 않습
니다. (위협하듯 허리를 감는다)

공주 너 따위가 인간 사이 연모의 정을 알게 무엇이냐?···.

상사뱀 (냉정히) 가시지요. 날이 어두워지고 있소.

공주 독한 놈! 독하디 독한 놈!

상사뱀 남 탓 말고 자신이나 들여다 보시지요. 누가 더 독한
지, 그 말을 또 내게 할 수 있는지.

공주 뭐야?

상사뱀 (강압적으로 허리를 휘감아 챈다) 어서 가잔 말이오!

공주 어디를 간단 말이냐?

상사뱀 나를 알겠소? 내가 왜 그대를 이끄는지는 알겠고?

공주 모르겠다. 내가 뭘 기억하고 뭘 떠올려야 하는지 니
가 알려주면 될 거 아니냐?

상사뱀 그건 아니 되지요. 앎은 스스로 떠올리는 겁니다. 아

직 나를 모르시니 더 길을 가야겠습니다. 갑시다. 어서!!

공주를 잡아끄는 상사뱀.

공주 아아! 아파, 아프단 말이다. 어디, 어디로 간단 말이냐?

상사뱀 공주의 업보! 임금의 업보, 그대와 나의 운명을 시험하러 가오.

공주 누구 마음대로, 아파! 아프단 말이다.

횃불을 든 산적떼가 상사뱀과 공주를 포위한다.

산적두목 멈춰라! 아프다는데 어딜 그리 재촉해 가느냐, 이 이무기놈아?

상사뱀 때를 잘도 맞춰 왔군.

공주 저 산적떼들이 나타난 게 나의 업보와 임금의 업보, 그리고 너와 나의 운명을 시험한단 말이냐?

우락부락한 산적들이 공주와 상사뱀을 포위한다.

산적두목 (공주의 얼굴에 칼을 들이대며) 네가 그 행실이 불량하다는 월야 공주로군. 누대에 길이 남을 미색이라 하더니 과연 곱긴 하구나.

공주 그저 사내놈들 이죽거리기는.

상사뱀 치워라! 웬 놈이 남의 길을 막아서는 게냐?

산적두목 남의 길이라니, 이 길이 바로 나의 길인데… 너, 내 마누라 허자! 그러면 목숨은 살려 줄 것이다.

공주 (두목에게 침을 뱉는다) 퉤!

산적두목 이 년이!… 듣던 대로 앙칼지군. 하긴 그런 맛이 있어야 갖고 놀 맛이 나지. 어때? 우리 거래를 하는 게. 몸에 붙은 뱀을 떼어 죽여 줄 테니 내 마누라를 하는 것으로. (게걸스레 웃는다)

공주 일 없다. 너의 처가 되느니 차라리 이 자리에서 피를 토하고 죽고 말 것이다.

산적두목 (호쾌하게) 하하하하! 꼴에 배포는 있으시군. 뭐하냐? 공주와 뱀을 포위해라… 불로 태워 죽이자!.

산적떼 예. 두목님!

공주와 상사뱀이 포위당한다. 나무 주위로 장작을 쌓아 놓는 산적들.

공주 정말로 우릴 태워 죽일 셈이구나. 너희가 나와 무슨 원수가 졌다고 이리하느냐?

산적두목 원수는 네년이 아니라 네 아비에게 졌지. 그놈이 왕될 적에 우리에게 한몫 단단히 준다 해놓고는 못 본

척하고 있단 말이다. 그뿐이냐, 외적이 쳐들어와도 군사도 안 보내고, 가을이면 낟알 하나 안 남기고 죄 수탈을 해가니, 우리가 산적질 말고 무엇을 할 수 있겠느냐?… 가만 있어라. 네 아비가 널 구하러 오지 않겠느냐? 하하하! (뱀을 보며) 고놈, 구워 먹으면 맛있겠다. 안 그러냐 얘들아!

산적떼   하하하하!

씩씩대는 공주, 묶인 채 조금은 태평한 상사뱀.

공주   (상사뱀에게) 저 산적놈들이 누구의 업보란 말이냐?
상사뱀   아비의 업보가 딸의 업보로 이어지는구료. 공주님 팔자도 과히 순탄치가 않소. 사방에 적들이 진을 치고.
공주   다 네 탓이다. 그리고 내가 언제 순탄하다 했느냐?

무대 밖에서 수많은 말의 발굽 소리가 들려온다.

산적   두목님! 임금입니다.
산적두목   올 것이 왔군. 불을 밝혀라!
공주   아바마마, 어디 계십니까? 저들을 어서 물리치소서!

임금과 그의 군사들이 산적떼를 에워싼다.

산적두목 딸년을 살리고 싶으면 용상을 내놓으시지. 찬탈로 입은 용상, 딸년을 미끼 삼아 꿀꺽 씹어 삼켰으면 정치나 잘할 일이지. 이만큼 백성을 괴롭혔으면 배은망덕이다. 배은망덕! 하하하!

다가오던 말발굽 소리 멎는다.

산적두목 임금으로 세우면 지키겠다던 약조를 하나도 지키지 아니한 너, 목숨으로 빚을 갚거라. 너를 왕으로 세우느라 우리가 흘린 피가 얼마인데.

임금 (소리만) 하하, 하하하! 네 이놈, 기개만은 여전하구나.

산적두목 어서 모습을 보여라.

임금 네 뜻대로는 안 될 거다.

산적두목 흥, 얘들아! 장작을 더 높게 쌓아라! 저놈이 눈앞에서 딸년의 살이 타는 냄새를 맡고 싶은 게 틀림없다.

산적떼 예.

사이.

임금 주원형이가 시키더냐?

산적두목 주원형? 니놈과 똑같이 권력에 눈이 먼 협잡꾼 말을 내가 왜 들을까? 이 일은 네 손에 목숨이 달아난 내 어미와 처자식이 시킨 일이다. 불을 가져와라! 불!

임금   원하는 게 뭐냐?

산적두목   네 머리통이다!

임금   하하하하! 미련한 놈!··· 차라리 부귀영화를 달라면 주었을 것인데,··· 마음대로 하거라. 내게는 하나도 아깝지 않은 망신스러운 딸이다. 죽어도 하나 아깝지 않은 딸이니 불태워 죽여라!

공주   아바마마! 아바마마!!

임금   (신하들에게) 가자! (말발굽 소리가 이어진다) 이 산을 벗어나는 산적들을 모두 쏴 죽여라. 산을 벗어나면 불을 놓을 것이다. 한 놈도 남김없이 다 쏴 죽여라. 다! 살아 있는 놈은 모두 역적이다!

임금과 사내들이 가버린다.

공주   (절망하며) 아바마마, 아바마마. 어찌 그렇게 가버리십니까? 아바마마!

산적떼   두목님!

산적두목   (망연자실) 자식도 버리다니··· 역시 저놈은 사람이 아니다. (정신을 차려) 뭐 하는 거야? 어서 도망쳐!

산적과 산적떼가 달아난다. 남은 사람은 나무 위에 공주와 상사뱀뿐이다. 공주는 넋이 나가 있다.

상사뱀 생각나는 것이 없으시오?

공주 이 와중에 또 무엇이 생각나? 차라리 그냥 쏟아부어라. 저주이든 살의이든 다 쏟아부어라. 내가 그냥 죽고 말지.

상사뱀 임금은 그때도 그랬소. 딸은 딸이 아니라 용상을 사기 위한 물건이었소. 그러니 그 딸이 사랑한 그 누구도 사람으로 뵈지 않았을 거요.

매캐한 연기가 올라온다. 기침을 하며 괴로워하는 공주.

공주 뭐라고?

상사뱀 정신 차리시오. 어서 여길 빠져나가야 하오. 어서!

공주 나가면 무엇 하겠느냐? 그냥 여기서 죽자! 죽어!

상사뱀 무슨 소리요? 정신 차리시오. 정신!

공주 지아비는 원수된 지 오래고, 아비에게까지 버림받은 내가 살아 무엇 한단 말이냐? 망신스러운 딸이라니, 죽어도 괜찮은 딸이라니 (목을 놓아 운다) 차라리 죽자! 죽어버리자!

상사뱀, 죽을힘을 다해 묶인 줄을 풀고 공주를 업고 연기 속으로 도망친다.
사이.
시종 금봉이 주원형을 업고, 소야와 함께 콜록거리며 들어온다.

소야   이 불 속에선 개미 새끼 하나 살지 못하겠어. 우리
      주대감을 놓고 가자!

금봉   어찌 산 목숨을 불길 속에 놓고 간단 말이냐?

소야   데리고 가다 우리도 죽은 목숨이 되잔 말이야?

금봉   조금 더 가면 산을 벗어날 수 있을 거야.

주대감 살려 다오! 살려 다오!

소야   임금조차 무서워하지 않는 인사가 우리 따위에게 목
      숨을 구걸하게 되다니, 꼴 참 우습게 되었다.

금봉   넌 왜 자꾸 쓴소리야? 남은 허리가 남아나지 않는
      고만.

소야   내, 이 인사가 공주님을 사통한 계집이라고 들이 잡
      는 꼴을 보아 안 그러니? 악귀에 씐 것마냥 콩을 콩
      이라 해도 믿지 않고, 공주마마를 괴롭혔다.

주대감 으악! (우는 듯 웃는 듯) 으하하하! (비몽사몽 중에 헛소리)
      다 거짓이야. 다! 딴 놈과 이미 사통한 게 틀림없어.
      월야 공주, 너를 어떻게 얻었는데, 내 왕권을 갖다 바
      쳐 얻은 너이거늘. 이런 나쁜 년. 애비와 딸년이 짜고
      나를 기망한 게야. 기망한… 기망한.

금봉   딱한 사람이로고. 아, 몸 좀 뒤채지 마쇼. 힘들어 죽
      겠고만은.

소야   (깜짝 놀라 앞을 보며) 어찌하면 좋으냐, 이쪽 앞에도 불

길이야!

주대감 임금이 미쳤다! 임금이 미쳤어! 하하하하! 재수 없는 내 팔자야, 뱀에 물려 뒈지다니….

금봉 가자, 서둘러!

금봉, 소야, 주대감 일행이 나간다.

무대에 불에 달궈지듯 붉게 물들고, 비명들이 겹쳐지고, 어두워진다.

긴 사이.

타닥타닥 잔불 소리와 함께 무대 밝아지면, 임금이 산적 두목을 인질로 잡고 있다.

임금 죽기 전에 하고 싶은 말이 있으면 하거라.

산적두목 자광이 이놈! 하늘이 너를 용서 안 할 것이다. 용상을 지키기 위해 이렇듯 많은 인명을 죽이다니.

임금 딸을 죽이겠다, 불을 놓겠다 협박을 한 것은 네가 먼저다.

산적두목 백성을 화롯불에 던지는 임금, 딸년을 뱀의 아가리에 던지는 임금, 하하! 우습도다 우스워!

임금 마음껏 웃어라. 너는 그 웃음 속에 죽게 될 터!

산적두목 하하하하하!

긴 사이.

산적두목　하나만 묻자! 정녕 그 딸이 아깝지 않은 딸이더냐?

분노에 찬 임금이 칼을 휘둘러 산적 두목을 벤다.

임금　　아깝다 두둔했으면 네가 살려 두었겠느냐? 아깝지
　　　　않다고 했으니 도망치게 두지 않았겠느냐? 너희들은
　　　　어서 공주를 잡아라. 산적놈들에겐 소용없어진 몸,
　　　　잡거든 망설이지 말고 공주의 목을 베라… 용상이
　　　　피로 얼룩진들 그것이 무슨 문제가 되겠느냐? 중요
　　　　한 것은 용상의 주인이 누구냐는 것이다. 주원형이
　　　　가 보이거든 그도 베어라. 산적놈들, 그놈들도 베어
　　　　라. 다 베어라 다… 백성이 다 죽을까 걱정이냐? 걱
　　　　정을 말어라. 오늘의 백성이 없다 해도 내일의 백성
　　　　도 없을 소냐? 중요한 것은 단 하나다. 내가 용상의
　　　　주인이 되야 한다는 것.

광기 어린 임금이 포효하듯 소리친다.
무대 어두워진다.

六.

계곡, 그을음으로 더러워진 상사뱀이 공주를 업고 들어온다.

물을 길어 공주의 입에 넣어준다. 정신을 차리는 공주.

공주   어찌 나를 살린 것이냐?

상사뱀   살린 적 없소. 그대가 살고자 목숨 줄을 아직 놓지 않은 것일 뿐.

공주   흑흑. (흐느껴 운다)

상사뱀   산이 모두 까맣게 탔소. 살아남은 이가 없다 합디다.

공주   임금은?

상사뱀   궁궐로 돌아갔으나 곧 전란이 일 거란 소문이 흉흉하오. 온 나라가 들고 일어날 거라고.

사이.

공주   다행이다… 사셨다니.

상사뱀   공주를 발견하면 죽인다 하더이다. 아니 이미 죽었다 울부짖으며 군사들의 전의를 끌어올린다 하더이다. 용상의 주인이 되는 일이라면 딸도 죽일 자요.

공주   이미 딸을 팔아 용상을 사들였다. 그런 자를 아비로 두어 백성을 힘들게 했으니 그게 나의 업보로구나. 난 고통받아 마땅해.

상사뱀의 신음.

공주　상처라도 난 게냐? 피가 흐르지 않느냐?… 어디 보자!

상사뱀　괜찮소.

공주　(뱀의 상처를 들추어 보고) 이리 깊게 패이다니… 어쩌다가 이리된 것이냐? 필시 나를 업고 불을 피하다 이리된 것이겠구나. (계곡에서 물을 떠 온다) 벗어 보아.

긴 사이.
상사뱀이 웃옷을 벗는다.

공주　(상처를 씻어내며) 주대감에게 팔려갈 거란 소식을 들었을 때, 나는 아버지와 주대감에 분노와 배신감으로 눈이 돌아가 있었다. 둘의 비열한 거래를 알고도 남았으니까. 사실은 이미 그의 잔인한 성정을 알고도 남았으니까… 술과 눈물로 몇 날 며칠을 보내던 중이었는데 어디선가 피리 소리가 들려왔다. 한 궁인이었는데, 손이 가늘고 길었지. 그 피리 소리가 어찌나 고즈넉한지 듣고 있으니, 눈물이 주르르 흘렀어. 그러면서도 한편으로 그 궁인에게 울분이 생겼다. 그가 여인의 마음을 울릴 줄 아는 사내라는 사실 그뿐으로… 사실은 세상 모든 남자들에게 생긴 분노였고, 못난 자신에 대한 울화를 참지 못했어… 제정신이 아닌 나는 영문 모르는 궁인을 침소로 불렀어.

과거의 장면이 된다.

(공주의 침소, 머리를 풀어 내린 공주가 참빗으로 머리를 빗고 있다.

궁인은 상사뱀)

궁인/상사뱀　공주마마, 불러계시옵니까? (현실의 상사뱀도 같은 대사를
　　　　　　　한다)

공주　　들어오너라.

궁인이 침소로 들어온다.

공주　　네가 과꽃 나무 앞에서 피리를 불었더냐?

궁인　　예, 그러하옵니다.

공주　　듣고 싶으니 다시 불어 보거라.

궁인. 피리를 꺼내 분다.

공주　　(울먹이며) 그만하라 할 때까지 멈추지 말아다오.

궁인의 피리 소리가 계속된다.

공주 피리 소리를 들으며 오열한다.

공주　　미안하구나. 그런데 소리가 너무 슬프구나.

궁인　　(떨림) 공주마마 괜찮으십니까?

공주   한 번만 그저 나를 안아주겠느냐?

         궁인이 공주를 어색하게 안으면 그 품 안에서 공주가 슬프게
         운다.

공주   미안하다. 미안하다. 내가 네게 죄를 짓는구나. 미안
         하다. (오열하는)

         놀라는 궁인. 아주 천천히. 공주의 등을 토닥인다.

공주   나가다오. 당장! 그리고 이 밤과 나를 영원히 잊어
         다오!

         어두워진다.
         밝아지면 산중의 상사뱀과 공주.
         상사뱀의 등에 얼굴 한쪽을 대고 말을 잇는 공주.

공주   피리 소리만큼이나 고즈넉한 품이었다. 내 울음에
         그의 가슴도 들썩였지.
상사뱀   고귀한 신분의 공주마마가 미천한 제 품에 안겨, 눈
         물을 흘리는데 세상 어떤 사내의 마음이 요동치지
         않을까요?
공주   마치 네가 그 사내나 되었던 듯 말하는구나.

소리 없이 웃는 상사뱀.

공주 그런데 그날 이후 피리 소리를 다시는 듣지 못했다.

상사뱀 왕께서 아시고 궁인을 내 쳤으니까요.

공주 니가 어찌 그걸 아느냐?

상사뱀 궁인의 이름이 해강이라 합지요.

공주 해강, 이제 기억난다. 내게 말해주었었는데, 그런데 네가 어찌 그 이름을 알아?

상사뱀 죽은 노파의 아들이기도 합니다.

공주 양재물을 먹고 죽은 노파의 아들?

상사뱀 (고개를 끄덕인다) 해강은 궁에서 쫓겨나 갈 곳이 없었습니다. 아니 공주에게 마음을 빼앗겨 하루하루가 모래사막 위의 신기루를 걷듯 헛걸음만 하게 되었지요. 그래서 지엄한 왕명을 어기게 되었습니다. 다시 궁 앞에 얼씬댈 때는 산목숨이 아니라한 그 왕명을 말입니다. 결국 공주의 얼굴 한번을 못 보고 상사병이라는 독화살에 맞아 시름시름 앓다가 죽었지요.

공주 죽어 뱀으로 환생을 한 것이고?

긴 사이.

상사뱀 (소리 없이 웃으며) 어리석은 중생이 전생의 연을 끊지 못하였지요. 잊으라한 공주의 말이 외려 잊을 수 없

59

는 연유가 되었습니다.

공주가 상사뱀을 한참이나 바라본다.

공주 너의 이름이 해강, 그 궁인이었어⋯ 내가 던진 티끌 같은 인연의 씨앗 때문에 이 모든 일이 벌어졌다니⋯ 나로 인해 네가 죽고, 뱀의 허물을 쓰고 다시 나고. (사이) 그래서 네가 앎이란 내게 있다고. 이 길의 끝에 결국 만나야 할 사람은 나였구나. 풀어야 할 업보도 모두 내게 있었구나⋯ 모두가 내 탓이로구나. (괴로워 흐느낀다) 고작해야 권력을 놓고 사고 팔린 내 운명이 억울하다 앙갚음을 하노라고 한 생명을 속절없이 죽게 만들고. 그리고 끝내 죄 없는 궁인들과 백성들을 태워 죽게 하다니⋯ 진정 내가 죄인이로구나. 내가 죄인이야. (통곡한다)

상사뱀 (공주를 가만히 안아준다) 마마 고정하옵소서! 이무기로 구천을 떠돌며 이 길에서 다시 공주님을 만나길 빌었습니다. 시시각각 틈틈이 마마의 숨을 끊고 싶다가도 그저 하루만, 한 시각만 더 마마 곁에 있고 싶었습니다.

공주 어째서? 너는 내가 밉지도 않았더냐?

상사뱀 연모하였습니다.

공주 ⋯ (눈시울이 붉어진다) 나 또한 그 피리 부는 사내를 연모하였다. 그래서 주대감에겐 시집간 초야에 그 일을 털어놓고 말았는데, 그는 나를 쫓아내고, 다시 용상을 찾을 전쟁의 명분으로 삼았지. 피리 부는 사내만이 오직 순수하게 연모의 정을 주었는데, 나는 니가 죽은 줄도 모르고, 주원형이 죽은 네 시신을 부관참시한 줄도 모르고. 미안하구나. 미안해!

상사뱀 마마를 연모하면서도 뱀으로 환생하여서까지 마마를 괴롭게 하였습니다.

공주 아니다. 아니다. 해강아!

상사뱀 해강, 마마께서 제 이름을 불러 주시니, 이제는 죽어도 여한이 없습니다. 윽. (피를 토하며 쓰러진다)

공주 (다급히) 왜 그러느냐? 열이 치솟지 않느냐? (옷으로 상처를 여미고 덮어주며) 안 되겠다. 깊은 산중이니 민가는 찾기 어려울 터, 암자라도 찾아봐야겠다.

상사뱀, 공주의 허리를 잡는다.

공주 괜찮다. 도망치지 않을 것이다. 약초즙과 먹을 것을 빌어올 것이다… 이것을 놓아라… 어서! 그래야 내가 너를 살린다.

상사뱀 계곡을 따라 내려가면 천 길 사람의 속까지 들여다볼 만큼 맑은 호수가 보일 겁니다. 청평호라 하지요. 그 맑은 물이 봄을 불러온다 합지요. 그 청평호 곁에

암자가 있을 겁니다. 영험하고 귀한 곳이니 공주마
마의 청을 들어줄 것입니다.

공주　몸을 일으켜 보아라. 함께 가자.

상사뱀　아닙니다. 저는 죄가 많아 그 맑은 물에 몸을 담글 수
없습니다. 이승과 저승의 모든 계율을 어긴 자이니
그 영험하고 맑은 물에 몸을 담가 더럽힐 수 없지요.

사이.

공주　그럼, 기다리거라. 내 금세 다녀오마.

상사뱀　꼭! 돌아와야 하오! 꼭! 그날처럼 헤어지기 싫소.

공주　알았다. 나는 이제 어제의 내가 아니다. 약조를 지킬
것이다. (공주, 허리에서 뱀을 풀어낸다) 꼭 올 것이니 걱
정말고 기다리거라.

공주는 다급히 나간다.

상사뱀 시름시름 신음하다 혼절한다.

七.

작은 암자. 허리 굽은 보살(앞 장면 해강모 역의 배우가 겸한다)이
마당을 비질하고 있다.

공주	(다급히) 이보시오! 이보시오! 보살님!
보살	웬일입니까?
공주	상처 입은 이가 있어 그러니 약초즙과 보리죽을 좀 주시오.
보살	….
공주	보살님! 제발 부탁이오. 지금 다 죽어가고 있단 말이요.
보살	그대가 이생에 갚아야 할 업이 많구려. 많은 인명이 그대로 인해 죽어갔어.
공주	(가슴이 덜컥하여) 아니 어찌 그걸 아십니까?

보살, 공주를 외면하고 골방으로 들어간다.

공주	보살님! 보살님! 내가 어찌하면 되겠소? 이대로면 그이는 죽는단 말이오. 나 때문에 죽고, 나 때문에 이무기로 환생한 그가 두 번째 죽게 생겼단 말이오. 보살님, 나의 업을 어찌 씻으면 되겠소? 살려주시오! 살려주시오! 보리죽 한 그릇이면, 약초즙 한 종지면 되오. (애가 닳아 빌고 또 빈다) 보살님!

쾅하고 문이 열리며 마당으로 꿰매다 만 수의가 여러 벌 쏟아져 나온다.

보살   이 수의들을 다 꿰매시오. 한 땀 한 땀 바느질을 하
        며 이생에 쌓은 업과 수의를 입고 저승으로 갈 넋들
        을 위로하시게. 그러기 전까진 보리죽도 약초즙도
        줄 수 없네.

공주   사정이 급합니다. 한 시각이라도 지체하였다가는 한
        많은 한 목숨이 나 때문에 또 지고 맙니다.

보살   그것은 또 그의 업보.
        세상사 모든 일에는 그 값이 있다오. 값을 치러내지
        않고서 어찌 길을 간다. 삶을 산다고 할 수 있겠소.
        흐름이 격한 여울목에서 조각배가 살 수 있는 길은
        급히 노를 젓는 것이 아니라오. 노가 없는 양 노를
        버린 양 느리고 느리게 흐름을 타야만 건너지는 것
        이라오. (문을 닫는다.)

공주   보살님! 보살님! (울음으로) 너무 가혹합니다. 너무 가
        혹해요!

보살   수의를 꿰매라 하지 않았소.

        보살이 절 문을 닫고 들어가 버린다. 망연자실하던 공주, 바늘
        과 실을 찾아 수의를 꿰매기 시작한다. 마음이 급한 나머지 바
        느질도 서툴고 그래서 자꾸 바늘에 찔린다. 암자 밖 상사뱀이
        있는 자리를 건너다보며 눈물로 바느질하는 공주. 무대 어두워
        진다.

八.

불길이 타고 있는 산속, 콜록거리며 주대감을 업은 금봉과 소야가 겨우 걸음을 옮기고 있다.

소야   (바닥에 주저앉아) 나는 더 못 가겠다.

금봉   못 가다니, 어서 일어나 여기서 그냥 죽을 셈이냐?

소야   살아봐야 고통뿐인 삶, 난 미련도 없어.

금봉   또, 또 그 소리. 네가 그러니까 이 윤회의 굴레를 못 벗는 거야.

소야   그런데 주대감은 살아 있는 거야?

금봉   (무릎을 굽혀 앉는다) 모르겠다… 실은 맥이 느껴지지 않아.

소야   (버럭) 그럼, 벌써 죽은 사람을 업고 왔단 말이냐?

금봉   ….

소야   내려놔. 얼른 그 시신을 내려놔.

금봉   … (주대감을 내려놓고 목에 손을 대어 본다) … 묻어 주자.

소야   ….

금봉   아무리 못 되었다 하나 사람이고 생명이야.

소야   공주마마는 물론이고 우리까지 죽이려 했던 자야.

금봉   그래도….

소야   급하다고 한 건 너야. 불길이 쫓아오고 있다고 손을

잡아끈 건 너라고. 이 자를 묻다가 불길에 갇혀 타죽
고 싶어서 그래?

금봉　　그래도 그러는 게 아니다.

금봉, 주대감의 시신을 둘러업고 뒤쪽으로 사라진다. 흙을 파
는 소리가 들린다.

소야　　(주저앉아 울먹이며) 그래. 이러다 우리도 가는 거구나.
임금이 놓은 불에 백성이 타고. 아비가 놓은 불에 딸
년이 타고. 지글지글 타고 나면 재가 되겠지. 다음 생
엔 재 속에서 피어나는 풀잎이라도 되려나? 지겨운
내 팔자. 금봉이 너도 지겹다. 다음 생엔 절대 만나지
말자. (연기에 콜록콜록하며) 아, 불길이 쳐들어온다. 어
쩌면 좋아… 금봉아!… 금봉아! (연기가 무대를 휘감는
다. 연기 속에 콜록대다 쓰러진다)

금봉　　(흙이 묻은 손으로 들어와) 소야, 가자! 일어나!

소야　　틀렸어. 저 불길, 우릴 다 집어삼킬 거야.

금봉　　아냐. 가자! (소야를 둘러업고) 우린 살 거야. 살아남을
거야.

소야를 업고 연기 속을 뛰어가는 금봉,
사이.
산이 타고 나무가 타는 소리들,

뒤이어 남녀의 비명 소리가 들린다.

사위 어두워지고. 금세 무대는 상사뱀이 쓰러져 있는 계곡으로 바뀐다.

혼절했던 상사뱀이 잠시 눈을 뜬다. 사위에 어둠이 내려져 있다.

상사뱀 공주마마! 공주마마!… 날이 어두웠는데 아직도 돌아오지않다니… 도망친 게 틀림없어. 하긴 나라도 도망치겠지. 흉측한 몰골을 한 이무기의 몸에 감겨 그토록 시달렸는데… 도망치는 게 당연하지… (그러나 불현듯 화가 치밀어) 돌아오겠다더니 역시 내가 속은 거야. 허허, 속았어… 공주가 나를 또 희롱했어… 아~ 나는 몇 번의 생을 거듭해도, 인간으로도, 뱀의 허물을 입은 사내로도 정녕 끝까지 그대와 이어질 수 없는 운명이구나. (슬픔이 물밀듯 몰려온다. 온 산을 울릴 듯한 긴 비명) 으아! 그리 먼 곳이요? 그리 높은 곳이요? 그대가 있는 곳이… 정녕 그리 멀단 말이오?… 그렇다면 이생이 무슨 의미가 있으리. (흐느낀다. 사이. 몸을 힘겹게 움직여 널찍한 바위로 간다. 공주가 여며준 상처를 풀어헤친다. 일부러 상처에 나무 칼을 박아 죽음을 자초한다. 흥건하게 흐르는 피. 상사뱀은 흐르는 피로 바위에 글을 적어 내려간다. 다 적고 나서) 이 원한을 내 정녕 잊지 않으리. 정

녕… 정녕…. (힘없이 고개를 떨군다)

상사뱀이 죽자, 뇌성벽력이 치고 소낙비가 퍼붓기 시작한다.
무대 급히 어두워진다.

九.

같은 장소, 새벽녘.
공주가 두 손 가득 먹을거리와 약을 들고 계곡으로 올라온다.
공주의 발걸음을 쫓아 밝아지면, 널찍한 바위 위에 한 청년이
피를 흘리며 쓰러져 있다. 공주, 놀라 멈춰 선다.

공주   뱀의 허물을 벗었구나. 이제야 알아보겠다. 그때 그
궁인이었어… 해강! 해강이라고 했지!… (청년을 흔들
며) 해강? 해강!… 아아아! 내가, 늦은 게요. 또다시
내가?… (오열하며) 또다시 내가 늦은 거요? 나를 못
잊어 목숨까지 저버린 당신, 뱀의 몸으로 태어나서
도 잊지 못해 나를 안고 달아났던 그대인데, 내가 그
대를 또 죽였구려. 인간의 업보 조금만 덜어낼 수 있
었더라면 그대를 살릴 수 있었을 텐데. 이 몸이 죄
많은 몸이라 아비의 죄, 지아비의 죄 씻어내느라 긴
밤 수의를 꿰매야 했소. 더 빨리 달려와 당신을 살렸

어야 했는데… 미안하오. 미안해! 해강!… 그날의 내 마음 울리던 피리 소리, 그 떨리던 숨결 다시 듣고 싶었는데, 이제 영원히 들을 수 없겠구나. 해강! 해강! 조금만 더 기다려주지. 조금만 더!… 어찌 나를 두고 먼저 가오? 어서 일어나시오. 어서! (공주는 떨리는 걸음으로 거의 기어서 청년이 누워있는 곳에 가 주저앉는다. 허기진 울음도 그치고 해가 떠오른다. 그 빗속에도 지워지지 않은 너럭바위 위의 글을 공주가 읽는다)

"내가 비록 죽어 뼈가 재가 될지라도 이 한은 결코 사라지지 않으리.
내가 살아 백번을 윤회한대도 이 한은 정녕 살아 있으리.
천지가 뒤바뀌어 태초가 되고 해와 달이 빛을 잃어 연기가 되어도
이 한은 맺히고 더욱 굳어져 세월이 흐를수록 단단해지리라.
내 한이 이와 같으니 당신 한도 정녕 이러하리라
두 한이 오래도록 흩어지지 않으면 언젠가 다시 만날 인연 있으리."

글귀를 부여잡고 오열하는 공주, 긴 사이. 공주는 바위 위에 깔린 글을 뜯어내 두루마리로 접어 길을 만든다. 그 길을 등에

짊어지고, 무대 한쪽으로 가서 바닥에 깔며 유랑하기 시작한
다. 길을 깔며 무대를 한 바퀴, 두 바퀴, 세 바퀴 돈다. 돌 때마
다 앞 장면에서 등장했던 인물들이 탈을 쓴 채 따라와 개구리
가 되고 뱀이 되고, 다람쥐가 되고, 늑대가 되어 따라온다. 길
을 가면 갈수록 공주의 허리가 굽어진다. 무대 석양이 되듯 고
즈넉이 어두워진다.

다시 現

야옹야옹하는 고양이를 멍멍 짖으며 뒤쫓는 개, 그리고 한 쪽
앞발이 없는 쥐가 무대를 쪼르르 돌아다닌다. (고양이는 소야, 개
는 금봉, 쥐는 주대감역의 배우다)

금봉   아, 그만 좀 뛰어!

소야   나도 그러고 싶지만 뭐 이게 내 맘대로 되는 줄 아니?

금봉   이런 제길, 아무리 재수가 없어도 그렇지 어찌 또 너
        와 내가 개와 고양이로 만난단 말이냐? 평생 이렇게
        정인 사이에 으르렁거려야 하는 팔자라니.

소야   누가 아니라니? 대체 우리 생은 언제쯤 맘대로 서로
        를 품고 운우지정을 나누게 된단 말이냐? 야옹!

금봉   멍멍!

서로 거리를 둔 채 처량하게 앉은 금봉과 소야 앞을 서생원 주
대감이 쪼르르 달려간다.

소야·금봉 (동시에) 아니, 저건!

금봉 주대감?

소야 맞네. 야옹!

금봉 왼쪽 앞다리도 없고. 서생원이 되었어도 거드름 피
우는 게 그 모습 그대로구만.

소야 말이나 건네 볼까?

금봉 거 좋지.

소야 이보우, 주대감! 야옹! 야옹!

야옹 소리를 듣고 기겁하는 주대감, 사지를 땅바닥에 붙이고
벌벌 떤다.

주대감 아이고 살려줍쇼. 저는 맛도 없습니다. 한쪽 다리도
없는 반편이이오니 살려줍쇼.

소야 하하하! 고개 좀 들어보시오.

주대감 에엥?

금봉 우리요. 금봉과 소야. 전생에 우리 함께 산을 넘다 불
에 타 환생하지 않았소?

주대감 아! 아, 아, 아! (속에 말로) 웬 개와 고양이가 나를 안
다고 지랄이여. 잡아먹지 않을 거면 상관을 말든지.

일단 아는 척을 허고 좀 놀다가 때를 봐서 후다닥 튀어야겠구면.

소야 그래, 색시는 얻으셨소?

주대감 새, 색시? 거참, 그 말 들으니 열이 뻗치네.

금봉 왜요?

주대감 얻기는 하였는데 영 행실이 불량스러워 내 첫날밤에 소박을 놓았거든.

소야 으이그. 쯧쯧쯧쯧. 그 버릇 개 못 줬고만. 허허!

금봉 그리 쉽게 바뀌는 인간이면 윤회의 굴레에 또 들어섰겠느냐?

소야 아, 어떻게?

금봉 왜?

소야 이상하게 배가 고프면서 입에 침이 고이는 게, 콱 물어뜯고 싶은 생각이 들지? 야옹!

금봉 너도 그러냐? 나도 그런데.

주대감 뭔 소리들이야. 나를 두고 지금 배가 고프단 말이냐?

고개를 끄덕이는 소야와 금봉.

주대감 에이, 숭악한 놈들. 어서 튀어야겠다. (쪼르르 달려 나간다)
금봉 어, 도망가네.

소야와 금봉 거의 동시에 쥐가 된 주대감을 쫓아 뛰어다니다 무대 밖으로 사라진다.

조명 바뀌면 길 위에 첫 장면의 끝처럼 서로를 바라보고 있는 청년과 노파. 청년도 공주를 알아본 듯.

청년　그러니까, 당신이 공주고, 내가 해강, 아니 상사병에 걸려 뱀으로 환생을 했었다 이 말이죠?

노파　그렇지. 이번 생에는 아주 잘나가는 배우로 났구만. 좋다. 잘생겼다.

청년　무슨 전설 같은 얘기를 다. 할머니 이야기꾼이요!

노파　(청년의 손을 끌고 자신이 깔아 놓은 길을 보여준다. 낡고 빛이 바랜 글이 보인다) 이걸 보고도 못 알아보겠어?

청년　(글을 읽으며) "내가 비록 죽어 뼈가 재가 될지라도 이 한은 결코 사라지지 않으리. 내가 살아 백번을 윤회 한대도 이 한은 정녕 살아 있으리. (눈시울이 붉어진다) … 두 한이 오래도록 흩어지지 않으면 언젠가 다시 만날 인연 있으리.'

노파　기억이 나는가?

청년　글쎄요… 근데 왜 자꾸 눈물이 나는지 모르겠네.

노파　자네 눈물이 기억하는가 보구만. 이생은 믿기지 않 는 전생의 인연으로 얽히고설킨 곳이라네. 아무 연 유 없는 만남이란 건 없어. 인이 있으면 연이 들러붙 지. 어리석은 인간인 우린 그냥 시작도 끝도 모르고 길을 가는 나그네일 뿐이고. (힘이 빠진 듯 길 끝에 주저앉

는다) 아이고 삭신이야. 나는 이제 가야겠네. (몸을 일으
킨다)

청년은 길 끝에 발이 붙은 듯 움직이지 못한다.
슬금슬금 무겁고 더딘 발걸음을 떼기 시작하는 노파. 청년이
갑자기 몸을 돌린다.

청년   공주! 월야 공주!
노파   (멈춰 서 되돌아본다. 허리를 쭈욱 편다) 이제야 알아보는구
           먼. 근데 소용없네. 노파와 할미가 만나 뭘 하겠어?
           허허허허. 허나 고맙소. 해강. 나를 알아봐 줘서. 이
           길에서 다시 스치게 되어서.
청년   왜 자꾸 눈물이….

청년은 눈물을 흘리고, 공주는 환하게 웃다가 다시 허리를
깊이 숙인다.

노파   아이고, 갈 길이 아직도 멀고만. 곧 해가 지겠어. (발걸
           음을 뗀다)
청년   (꿈에서 깬 듯 얼떨떨하여) 해가 지면 지는 거지. 우리가
           얼마 만에 만났는데 벌써 길을 재촉하오? 길 끝에 뭐
           가 있다고?
노파   길의 끝이라야 저승이 닿는 거겠지만 길이 나를 부

르니 가는 수밖에. 허허!

청년　(눈물이 글썽하여) 그러지 말고 나와 한바탕 놀다 갑시다! 내가 피리 소리 들려줄 테니,

노파　허허! 거 싱거운 놈 (목이 멘 소리로) 다 보겠고만. 인생이 이미 한바탕 놀이인데, 뭘 더 놀아.

청년　피리 소리 들려준다는데도.

노파　이미 한 평생 귓가에 맴돌았네. 그 피리 소리.

노파가 길을 재촉하여 허랑허랑 간다.

청년은 가지 못하고 길에 붙들려 노파를 바라본다. 고즈넉한 피리 소리 들려온다.

청년　이보오! 이보오! 월야 공주!

길을 가던 노파가 돌아본다. 굽은 허리를 펴 공주의 모습이 된다.

음악 소리 풍성해지며 금봉, 소야, 주대감, 임금 모든 인물들이 풍악 속에 길을 걷는다.

청년, 그들에게 손을 흔든다. 모든 인연이 길 끝으로 멀어져가고 청년은 계속 손을 흔든다. 서서히 어둠.

– 막 –

한국 희곡 명작선 165

因과 緣

초판 1쇄 인쇄일   2024년 10월 16일
초판 1쇄 발행일   2024년 10월 25일

지 은 이   김민정
만 든 이   이정옥
만 든 곳   평민사
　　　　　서울시 은평구 수색로 340 〈202호〉
　　　　　전화 : 02) 375-8571 / 팩스 : 02) 375-8573
　　　　　http://blog.naver.com/pyung1976
　　　　　이메일 pyung1976@naver.com
등록번호   25100-2015-000102호
ISBN   978-89-7115-850-0   04800
　　　　　978-89-7115-663-6 (set)
정   가   8,500원

이 책은 사단법인 한국극작가협회가 한국문화예술위원회의
2024년 제7차 대한민국 극작엑스포 지원금을 받아 출간하였습니다.